厨房·餐厅200例

KITCHEN DINING ROOM

东易日盛编辑部●主编

吉林科学技术出版社

CONTENTS

厨房
KITCHEN

餐厅

DINING ROOM

KITCHEN

厨 房

01

温馨厨房装饰

本案厨房的设计稍显古典风情，但是从配色的角度来说，设计师没有完全使用深色系来搭配。浅色系的吊顶、仿古墙砖以及理石台面，加上醒目的顶灯，厨房空间的温馨感十足。

02_

厨房墙面的装饰

设计师有意识地选择了淡黄色的地面砖，以免影响主墙颜色的表现，并以之和绿色共同奠定空间内明快、亮丽的视觉基调，同时在餐桌、餐椅、厨柜方面都选用白色，以清亮的白色来衬托主墙的绿色，又与地面形成对比，让空间春天之余，更多了一种童话般的气氛。

03

密闭的L字型厨房

L型厨房的优点是麻雀虽小，五脏俱全，多了里侧的一排，收纳空间可以比I型增加不少，动线也比I型缩短不少，但是要注意通风的问题。

04

后现代生活的厨房

业主是典型的现代时尚圈达人，对时尚生活、潮流指数有着独到的见解，后现代的生活方式让他在家居生活方面更加特立独行，一种现代LOFT生活的质感和情趣在他的身上得到完全的展示和体现。本案依托时尚界人士居住为主题，以黑、白两色为基调，期望打造简单、健康并富有层次感的高品质家居空间。

开放式的混搭设计

针对开放式的厨房设计，设计师选用浅色系作为空间的基调。墙面和地面采用暖色的仿古砖，并且在略显古典风的厨柜旁，搭配造型时尚的吧台椅，大胆的混搭设计让整个空间充满了都市风情。

柔和色调家居尽显新古典风格

整个设计以浅色暖色调为主，使空间更为宽敞大方，加以浅色的暗花纹理壁纸做搭配，并严格注意生活的实质需要，新古典风格凸显其中，华丽而且实用。

07

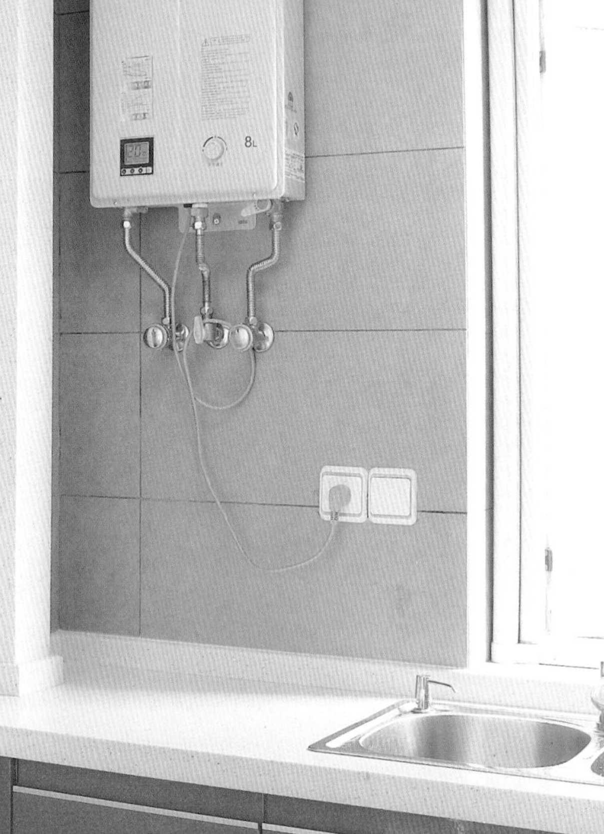

经典不衰的红色

虽然厨房的空间不是很大，但是采光条件很好，针对这样的室内环境，设计师大胆采用红色与灰色的搭配，让整个厨房都充满了时尚的张力。

08

现代简洁却不乏古典味道

古典可以在唯美的同时，拥有现代的简洁、乡村的朴素，可以给生活在这个居所中的每一个人一处诗意的栖息之所。餐厅没有厚重阔大的器物，没有让人捉摸不透的复杂花纹，一丝镶金镀银的光泽划过视线；没有宫廷式的豪奢富丽，自然真实、含蓄内敛的生活方式在这里一一尽显。

后现代厨房的优雅气息

实木的沉稳感觉加上镂空的纹理效果，与平滑亮丽的白色料理台面形成强烈的对比。搭配现代化炉灶的选择，仿古的墙砖拼贴，整个厨房的后现代气息十足。

09

10

狭小空间的改造

原本不太合理的空间经过改造反而精彩。厨房的金色和公共区域地面的灰色则起到调和作用，整个色调既对比鲜明又和谐自然。

简约风格的设计

11

本案设计基调定位于简约风格，房主偏爱白色，根据他们的居住要求，在色彩的处理上，适当增加了暖色的元素，在本来偏冷的白色调基础上，使得原本常住人口不多的房子更加温馨。非常规结构造型的补充，也让原本偏生硬的室内显得活泼了许多。

TEA
SUGAR
SPICES

12

时尚简约的厨房

可以同时容纳好几个人一起做菜的设计，水槽朝外，可以边洗碗边与家人交谈，或看到客厅的电视，是个增加互动的配置。

13

古典迷人风的运用

本设计体现了古典的迷人风采，精致细腻的做工与造型的考究，展现出历史岁月的延续性。新古典主义渗透在家居设计中，不仅体现着文化的优雅气质，更让人从内心发出“永恒”的赞叹。设计将心灵深处的情感与现实生活联系在一起，通过设计提高了主人的生活品味。不同角度景致变化中，各设计元素之间相呼应，形成了风格之美、线条之美、对称之美……

14

深色系风尚

深色系的花纹瓷砖，是这个厨房最吸引人的亮点。设计师打破了厨房以往惯用的浅色系基调，也没有选用灰白或者浅白的墙砖，凭借前卫的黑色作为厨房的主角，时尚感十足。

田园世界

穿过长长的走廊来到餐厅，弧形的门洞，铁艺的灯饰，朴质的餐具，配以原木的家具。呈现出一种温馨的田园风情，弧形的门洞随性而又有个性地出现在屋内，传递给人一份安逸和一份热情。

16

浅色系营造温馨厨房

这间厨房的形状为长方形，比较具有普遍性。设计时采用了简单的L形，使洗涤区、操作区及烹饪区都设计在一条直线上，操作起来非常方便；在洗涤区的上方设计了一组浅色系吊柜，增加了收纳的作用。

17

温馨的白色调厨房

纯白洁净的调子，佐以鲜花、蔬果，怎能不激发您的劳动积极性和下厨乐趣呢？

18

简洁为主 实用第一

抽油烟机造型简洁，并节省了空间。为了达到延展空间的效果，主人选用了素色的地砖与墙砖，与餐厅里铺的白色木地板相得益彰，均以简洁为基准，墙地砖全部选用了不带花纹装饰的产品，使整个厨房空间显得更大。

19

厨柜配色有讲究

细心的人会发现，设计师较少设计颜色较暗的吊柜。整体厨房的色彩，应以单色调、浅色系为主，厨柜不宜使用黑色、深棕色等较暗的颜色，白色、浅灰色，或明亮的奶黄色、浅蓝色等都是不错的选择。

20 时尚烹饪进行时

如果是面积较小的单身公寓，时下较流行的是用电磁炉替代燃气灶。结合单身贵族的日常饮食习惯，夸张一点说，如果房主不经常在家做饭，那么甚至可以省略抽油烟机的设置。空间的装饰设计只要满足自己的需要即可，不要勉强接受他人的意见。

21

新古典唯美装饰

青灰色的梯形中空吊顶拉升了餐厅的层高，新古典的吊灯渲染着用餐的情绪。开放式西橱里深蓝、银色、浅灰组成的墙面砖和餐厅与客厅顶线色彩相呼应。使暖色调的一层加入“冷”的局部色彩。让空间在色彩的舞动下具有层次和灵性。

22

中岛型厨房

厨房设计采用的中岛型，在空间中心位置加装一个简易餐台，既可以同时供多人使用，同时还可以收纳零散的厨房用具并作为料理台面。增加了空间，增加了实用性。

23

气质雍容华贵　功能完美无缺

在厨房的设计中，古典的实木质感融合白色系料理台与墙面的仿古质感，再加上欧式吊灯与精致的餐厅桌椅，不但使厨房实用功能大大加强，更流露出雍容华贵的气质。

24

香草厨房　田园气息

午后的阳光暖暖地洒在厨房里，仿佛把厨柜笼罩上了一层金黄色的光圈。斑驳仿旧的地砖，绿意盎然的花草植物，使这个田园厨房的乡村气息更加沁人心肺。

25

欧式风格的简化运用

通过对欧式风格简化元素的应用，使整体风格趋向现代欧式。设计师对局部吊顶元素的修改使厨房整体风格更加简约欧式化。

26

实用的田园主义风格

田园风格的打造手法有很多，可以选用白色厨柜再搭配复古的瓷砖，同样也能渗透出田园风。环型岛的整体厨柜，透出惬意的田园生活。想把成本降低除了实木厨柜还有就是模压板厨柜，它是田园风格厨柜经济型选择。

27

融入淡淡的中式元素

这套居室风格融入了一些淡淡的中式元素，营造出一种很禅意的氛围，给人静静的感觉……

28

小资情结　自然享乐

浅浅的香草色箱体，取自于大自然花草之色系，与窗外的绿色完美地融合。整个厨柜摒弃了过多的吊柜，取而代之的是地柜、抽屉，收藏功能性极强，合理利用所有空间变成储备空间。

29

开放式厨房

厨房在整个空间的面积并不是很大，设计师在审视整个空间之后，在讲究线条的配比下，将厨房做成了目前流行了开放式。白色的整体厨柜素净高雅，与整个居室搭配有着和谐的美感，锦绣年华中生活的意韵便由此展开。餐厅虽然不大，但是在花团锦簇中享受美食的感觉一定很棒。白色的厨柜，精致的酒吧，台透露着主人的气质和品位。

30

高调的红色装饰

红色是视觉冲击力较强的一种色调，极易从其他颜色中脱颖而出。所谓“万绿丛中一点红”，就是为了突出它的娇艳，它的惹眼。红色是让人激动的色彩，它使人热血沸腾，就像这款红色的“真我本色”，令厨房空间充满幻想和激情，绚丽的色彩带来欢乐跳跃的心情。寒冷的冬天里，置身于这样色调的厨房中，心情也不由得明朗起来。

31

仿古质感　时尚品味

餐厅、厨房上的选材多倾向较硬、光挺、华丽的材质。一眼望去，富有泥土气息的米黄色仿古砖；自然、怀旧、散发着质朴气息的绿色带花纹墙纸；线条简化、体积粗犷的家具；宽大厚实，附有抽象植物图案的布艺沙发；独具情趣的地毯、手工艺品等尽收眼底。在这里设计师将家居空间中对外的公共部分，精心设计布置，将居住者的品味、爱好和生活价值观一一展现。

32

空间大一些　实用多一点

厨柜的选购是整个厨房装修最重要的一个环节，特别是那些偏爱田园风格的朋友们，选择合适的整体厨柜才能打造出完美精致的整体厨房。

FOTILE

33 优雅清凉的传统厨房

本案采用暖色系作为空间的主旋律，而且从植物的摆设和厨柜的设计可以看出，房间的主人特别在意空间的布置。传统厨房中加入几丝灵活的创意，优雅清凉的感觉在不经意间渗透进来。

34 浅色系是主人的最爱

整体的色调没有很深的颜色，从吊顶到厨柜，纯白的颜色延续了厨房亮丽整洁的感觉；墙砖与地砖则在浅色系的基础上少许加深，铁灰的质感让空间层次进一步拉开。最爱就是这纯净的感觉，最爱就是这诱人的浅色。

35

享受厨房大空间

客厅与餐厅主色调以白色为主，干净明朗的空间处处点缀着绿色，带来勃勃生机。因为主人不经常使用厨房，因此厨房与餐厅成了展示主人品味的艺术厅堂。在这里白的优雅、黑的沉静、红的艳丽被完全显现出来，古典风格中的对称也被凸显得淋漓尽致。

36

厨房混搭设计

西班牙地砖，浅黄色的厨柜，组合出欧洲乡村古堡风情的厨房。为了突出乡村感，厨柜台面选择了仿旧瓷砖拼贴。餐桌和厨柜上零散摆着一些精致的陶土质感餐具和装饰品，给厨房带来更多的鲜亮特色。特别是那一把融中式风格与地中海风情于一体的茶壶着实吸引人的眼球，把酒品茗，吸纳夏日里的一份清凉，沁人心肺。

白领的标准厨房

单身白领做饭的机会不是很多，那么这种敞开式的厨房是最合适不过了。加上一个吧台区，在扩大空间的同时还添置了一个临时就餐区，实在是一举两得的设计！

38

充分利用空间格局

空间格局有限怎么办？不要因为格局的影响而对厨房的设计失去信心。利用有限的隔断将厨房规划成L型设计，将厨柜嵌入墙体，既节省空间又充分地利用了空间格局。

39 相约在吧台

美奂绝伦的水晶灯，闲暇的空间放入两把椅子，加上一个吧台，在深色空间的映衬下，酒香人醉。

简单厨房　温馨布置

墙面突出的拱门造型，配以自然的阳光树木风景画，为主人营造一派似真似梦的田园景象。极具浪漫气息的香草天空厨柜，带给人们从容的灵动感，承袭严谨、细腻的古典主义设计精神，细腻的纹理、艺术涂鸦的着色方式，黄绿色的马赛克让墙砖充满自然的气息，令整体厨房散发极富质感的知性美。

41 空间简洁又实用

本案的设计没有使用雕花纹饰的北欧家具，凭借橱柜纯朴的实木质感，并且将料理台上部空间充分设计成实用功能强大的吊柜，整体简洁但却不乏实用功能。

42 强调质感与纹理的搭配

此装饰风格注重质感与纹理的结合，表现出设计师对传统装饰的向往，对天然材料的偏爱，对形式和功能的统一，对手工品质的推崇。

43

古朴但不失流行

中式风格不仅是外在的形式和形态，关键是符合中式厨房操作的需要。比如，对圆底炒锅的存放、筷子的收纳、大量不同规格碗碟的收纳、调料取用等等，古朴典雅但是流行味十足。

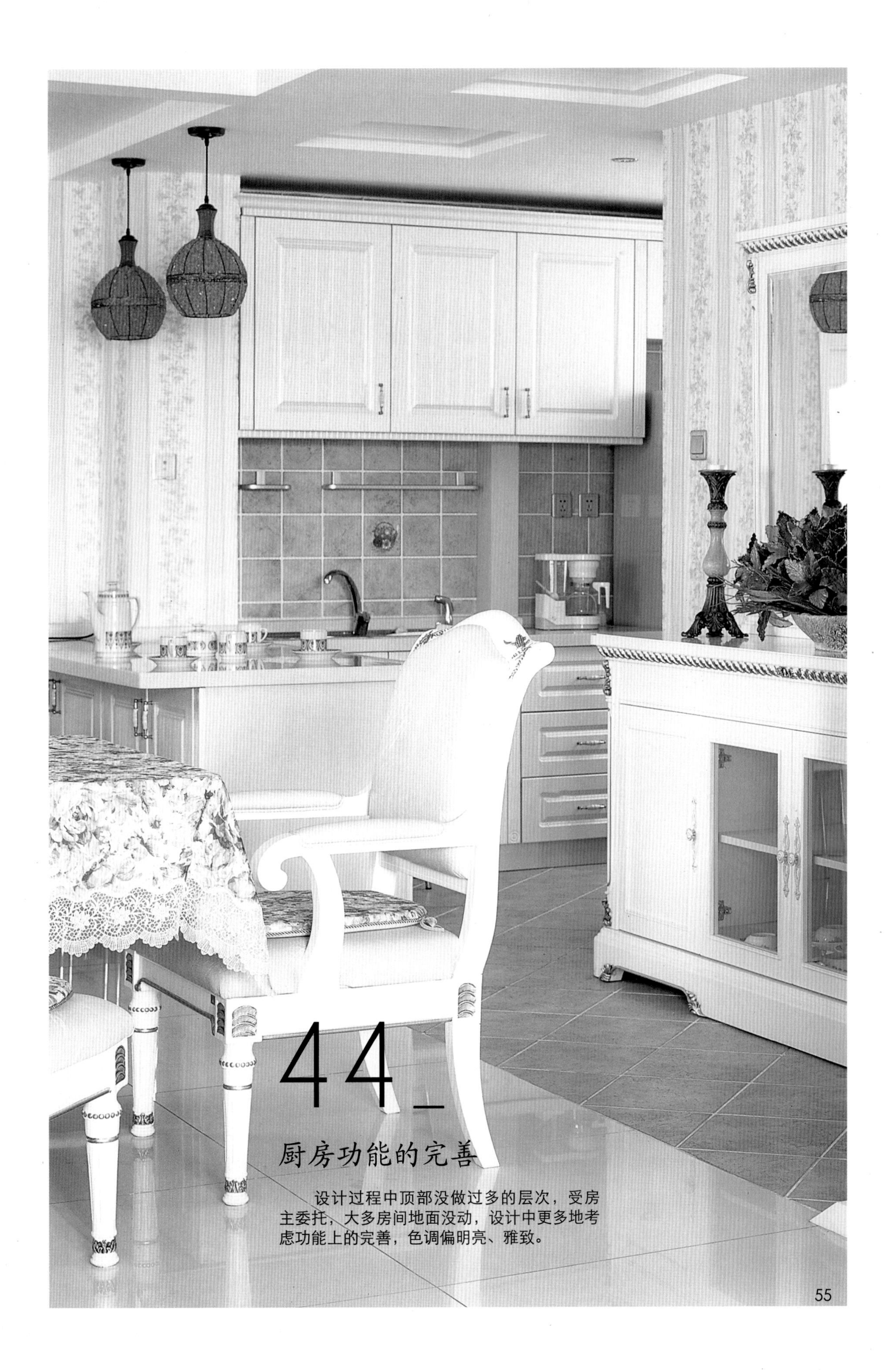

44_

厨房功能的完善

设计过程中顶部没做过多的层次，受房主委托，大多房间地面没动，设计中更多地考虑功能上的完善，色调偏明亮、雅致。

45 大空间的自然风尚

大空间的线条简洁，设计师在原有的格局上没有加入多余的改造，以自然风尚为装修基调，将餐厅与厨房的空间设计成开放式。在色调上，虽然橱柜的颜色是深红色，但是并没有影响整体的浅色风格。大空间的层次感完美地呈现出来。

46 厨房与餐厅的完美结合

注重功能性的厨房，是令很多主妇或单身贵族梦寐以求的地方。既然格局允许，那么将厨房与餐厅的结合在一起，使空间变得实用又美观。

47

纵深的视觉效果

如果房间的格局有限，甚至有的梁柱和墙面因为承重的关系无法变更位置，那么可以“将计就计”。例如，让墙砖的倾斜角度与天花板平行，将料理台设计在承重梁下方，对面的墙体就用仿古的红砖做装饰。这样，在原本狭窄的空间里凸显了纵深的视觉效果，而且风格更时尚更简洁。

48

柔和的照明效果

厨房的照明是关键设计点，因为照明的效果成功与否直接决定厨房烹饪的感受，不但要完全配合整体装修的风格，而且不能使空间昏暗无光。

49

前卫深色系　十足现代感

不是所有的厨房都要选择欧式田园风。设计师大胆运用黑色的墙砖与餐桌，还有深色系的料理台面，搭配银灰的金属质感橱柜，整体色调动感前卫。而且开放式的厨房与餐厅相连，让空间的视觉张力放大，现代感十足。

50

强调配色　注重实用性

居家设计，营造温馨的感觉是第一位的。在强调颜色搭配的同时，设计师将厨房的实用功能融合进了时尚的布置元素，空间层次感凸显其中。

DINING ROOM

餐 厅

01 银亮的质感　诱人的布置

顶部晶莹剔透的水晶灯，餐桌旁的台灯，色调一致且相呼映衬；深色墙面的凹凸效果，吊顶与落地窗的雅致洁白，对比强烈且彼此交融。整个空间银亮的质感打破了深色系的沉稳，空间布置清晰明朗，充满诱人风味。

02

换个角度　倍感华丽

再来换个角度看看，在这一侧的墙面上加入视听元素，消去了沉闷的单调感，用餐空间是不是更显华丽尊贵。

03

高雅餐厅布置

优雅的水晶灯，精美的烛台，设计感极强的高脚座椅，按照从高到低的位置摆放，每一件都是空间精致的点缀。

04

餐厅的自然味道

绿色的墙纸让空间充满生机，再搭配黄色碎花植物，欧式的多功能橱柜，加上充满异域风情的贝壳吊灯，整个空间更具自然味道。

05

自然含蓄的装饰

餐厅没有厚重阔大的器物，没有让人捉摸不透的复杂花纹，没有宫廷式的豪奢富丽，凭借古典的布置，自然真实、含蓄内敛的生活方式在这里一一尽显。

06

浪漫古典风

餐厅是家庭中的一处重要的生活空间，舒适的就餐环境不仅能够增强食欲，更使得疲惫的心在这里得以彻底松弛和释放，为生活带来些许浪漫和温情。

07

感受精致生活

打造精致生活，对餐厅的舒适感和温馨感的要求是至关重要的。餐厅布置应以宽敞为原则，最重要的是体现舒畅和自在的感觉。餐椅平实的设计线条，休闲自然的风格，带来清新简洁的视觉感受。

08

咖啡情调

褐色、棕色、咖啡色总是给人亲切、平和、沉静的印象，喜欢淡雅宁静感觉的人们完全可以放心大胆地使用这一色系。但在设计与搭配中应注意大面积的咖啡色系容易给人沉闷、单调、毫无生气的视觉感受，因此可以在这一色系中适当加入白色、银色等明亮跳跃的色彩与装饰作为调剂，并形成视觉反差。

09

温馨混搭风格　独特诱人气质

本案的混搭设计清新脱俗，崇尚简约时尚的生活方式，摆脱实木雕花的田园风格。例如，金属色的仿古墙砖，古典气息浓郁的水晶顶灯，黑色亮丽的餐台，再加入视听元素，整个空间充满了独特的诱人气质。

10 花样年华　生机无限

餐厅是居家装修设计中永远不可缺少的主题之一。古典的色彩充满了整个房间，高贵的质感提升了餐厅的韵味。花样的年华，无限的生机。

11 超赞的奢华感

空间大，是营造奢华感的前提条件；细节丰富，是提升奢华感的重要元素；创意的造型，是奢华空间的点睛之笔。本案大尺度的设计用餐空间，加上古典家具的传统魅力，以及天花板的独特造型，成就了整个空间的超赞奢华感。

12

简约时尚的餐厅布置

随着人们用餐习惯的改变，年轻白领夫妇的餐厅的实用价值被相对弱化。简约大气、方便易打理，成了现代时尚居室中餐厅的新标准，简约时尚的餐厅布置，让你体验简约而不简单的用餐环境。

13 田园情调　浪漫风情

餐厅不仅是享受美食的空间，更是一家人团聚在一起交流情感的温情场所。所以一款好的餐厅设计，需要视觉上的愉悦感，更需要营造一种温馨柔和的氛围，让身处其中的人感到身心放松。

14

多彩的异国风情

在餐厅空间中，选择质感和造型朴实无华的餐椅，加上凸显美感的铁艺灯具，虽然稍感平淡，但是窗帘的红花绿叶以及桌上摆设的一个小花瓶，将所有的古朴风格点缀得多姿多彩，异国风情浓郁。

15

浪漫餐厅　别致搭配

将金色运用到开放式餐厅中，不仅使大空间显得更经典，而且在加入精雕细琢的餐桌餐椅以及同色系的窗帘之后，连同壁纸和仿古地砖的统一配色，这种别致的搭配让空间浪漫感十足。

16 时尚的空间造型

硬朗的线条，颜色的对比，简洁的风格，时尚生活的氛围就这样被营造出来。整套居室采用了深浅对比的色调搭配，偶有青、灰等冷色调掺杂其中。家具线条很吸引人，零星的饰品也是简洁流畅，整个空间呈现出无限的都市气息。

17

质感与空间感并重

本案强调质感与空间感的统一。深浅对比，光影斑驳，空间效果极具艺术气息；古朴质感，布置丰富，用餐空间颇有时代感。

18

小资情调　美感超赞

黄白渐变的水晶吊灯非常漂亮，要淘到这样的美丽灯饰真的需要花点心思。同色系的壁纸映衬着水晶灯的光线，与餐桌的鲜花相呼应，加上田园的白色餐桌椅，整个装饰充满了小资情调。

19

简约的创意空间

餐厅一侧的墙面上设置了简约的置物柜，可以起到很好的收纳作用。柜子上的花瓶、绿色植物看似不经意地摆放，但这些装饰增强了空间的艺术韵味。整个空间采用了非常温馨的浅色系，让餐厅散发着柔和的美感。

20

线条　纹理　质感

整个餐厅的布置丰富和谐，竖条纹理的壁纸将这种搭配又增添了一些沉稳；对比餐桌椅和窗帘柔和的纹理，墙砖和壁纸的中规中矩显得尤为雅致大方；当灯光打开，墙砖和地砖的仿古质感让这个餐厅越发显得经典。线条、纹理、质感，美轮美奂的用餐空间。

21

朴实的自由气息

餐桌是整个餐厅文化的核心。文化传统的影响在很大程度上来说，就是从餐厅家具布置的体现。中式的餐台，多为正方形和圆形，而在美式餐厅中则多为长方形的餐台。但无论选择哪种，只要布置设计合理，都可以营造出高贵与自由的气息。

22

照明效果让餐厅更美丽

照明也可以采用混合光源，即低色温灯和高色温灯结合起来用，混合照明的效果相当接近日光，而且光源不单调，可以选择。

23

南洋风格　迷人设计

如果倾心异国风情的家装风格，如果拥有一个随意释放的厨房空间，不妨为自己的生活添加些美式的自由与古典的浪漫。

原木装饰　田园风情

在厌倦了毫无个性、华而不实的酒店旅馆式装修之后，终于有越来越多的人开始抒发自己内心的真实感受，并重新寻找家居生活的真谛。田园式的家居自然而然地成为了都市人家居设计的一种风尚。

现代与古典的混搭

融合了不同的地域文化，将尊贵、浪漫、专业、特色融为一体。利用最简单的造型表达出最美的效果，但又不缺乏实用性。同时要简约大方，时尚而不缺乏美感。重视个性和创造性的表现，不主张追求漫无边际的高档豪华。

26

尊贵的理想餐厅

餐厅沿袭欧式古典的家具和气氛，每个金色的弧线如同音乐中细小却不能忽视的跳跃音节，华丽的背后还有一丝无法掩盖的奢华。精致、考究的餐具是古典氛围中极其重要的调节剂。

27 来自遥远的童话世界

餐厅的设计具有强烈的田园风格装饰效果，在这个空间，它们醒目得让人难以转睛。餐巾的花与餐椅花色相同，墙角的长颈鹿穿梭在密林间，似乎这一切来自遥远的童话世界。

28

超凡境界的古典装饰

古典装饰见于细节，当轻装修重装饰的概念获得越来越多的认同时，古典简约中那些引人瞩目的装饰物品也随即开始风行，本案的餐桌、家具掩映在花朵壁纸中，别具情调的花瓶则更加醒目地凸现了田园风格。

29

在奢华装饰中感受古典的味道

就餐区位于客厅与楼梯间开放的环境中，远远的还可以望到客厅高大的壁炉。餐桌椅摆放在地砖围成的区域中，并与客厅的沙发在色调和图案上协调一致，线条流畅的美式餐桌椅与浪漫的铁艺水晶灯完美的搭配，如优美的旋律在耳畔回旋、流淌……

30 挑高设计　新时代餐厅

　　心性、气度到了一个平和淡定的境界，不管是褪尽繁华还是归于宁静，对于生活有了更多的真知灼见，朴实、自然的环境能够有更多的空间去体验雍容有度的生活，让身体和心灵都得到憩息。

31

活色生香
感受中式魅力

餐厅的空间很独立，临近窗户光线很好，中式的餐桌上是欧式的烛台和鲜花。在一侧墙面是一幅意境悠闲、色彩明亮的油画。让餐厅空间亦中亦西。餐厅的南边就是客厅，在餐厅与客厅之间有一个连接空间，此空间很重要，因为无论从餐厅看客厅还是从客厅看餐厅，这是视线的必经之地。为了让客厅与餐厅之间交流不那么直白，连接空间的两边用橘红色的落地纱幔加以装饰，走过纱幔就是客厅。

32

让人向往的田园风格

空间被深浅的对比分成了上下两部分，彩色条纹的桌布和红色的花艺在空间中显得尤为醒目。在家具的选择上，统一的实木质感成为了餐厅装饰的关键，铁艺的顶灯华丽而低调，配合着几幅雅致的装饰画，田园风格被充分演绎。

客厅与餐厅的交融

这是近几年比较流行的居室格局。餐厅的空间很独立，与客厅相连却互不干扰。墙壁采用实木的装饰效果，地板和吊顶都是浅色系，除此以外，沙发、灯具、餐桌都选用黑色。这样相互结合的客厅和餐厅，既属于不同的功能区域，又有着统一的色调搭配。

34

现代简约的风格

现代简约风格，让家里充满阳光和朝气，再加上个人喜好，所以色调基本是以白色为主，风格显得比较简单，配以简约造型的灯饰以及玻璃墙。

35

享受宁静的午后时光

在秋日的午后，放慢生活节奏，一杯绿茶，憩息在餐椅上。虽然这是一个用餐空间，但也可以作为自由的茶室空间，自斟自饮，或与朋友相聚，享受宁静的午后时光是不是很惬意呢？

36

简单的生活

陶醉于生活的简单之美中，抛却凡尘的繁重，在家中独享一份清新与自在，这便是房主所要的简单生活。

37

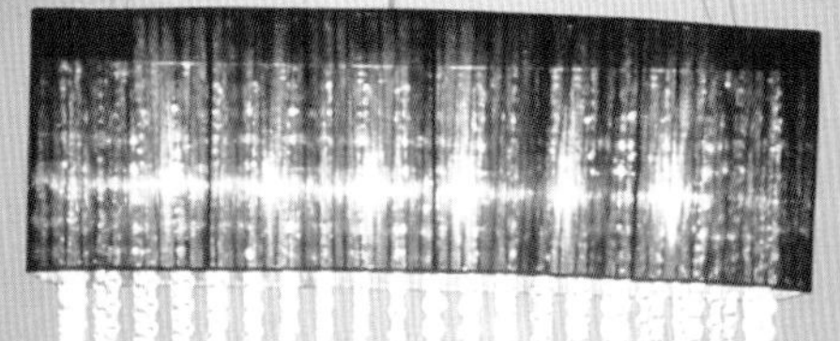

小小的餐厅　小小的幸福

重视内部素净清雅效果的同时，将装饰画与小装饰品作为背景涵纳在构造当中，小小的餐厅，蕴含着小小的幸福。

38

流行的设计风格

家居设计其实是对生活的设计，它是一种体现、表达，本案的设计没有加入过多的复杂装饰，祥和、舒缓且又充满了简约的气息。

39

延伸装饰的效果

厨房和餐厅融为一体，将厨柜延伸至用餐区，既扩展了厨房的使用功能，又使餐厅的装饰显得丰富多彩。

40

简约中式

中式的谦逊和沉静，使得设计中没有过分追求奢华，却同样优雅不俗。

41

善用植物装饰餐厅

餐厅的设计充满了生机，窗口的两株大型植物显得格外显眼，而且整体颜色和谐清透。没有昂贵的奢饰品，没有复杂的橱柜，餐厅的装饰依旧非常吸引人。

古朴素雅的餐厅

在中式风格的住宅中，很多家庭会采用具有西方工业设计色彩的板式家具与中式风格的家具搭配使用。直线装饰在空间中的使用，不仅反映出现代人追求简单生活的居住要求，更迎合了中式家居追求内敛、质朴的设计风格，使中式风格更加实用，更富现代感。

43

宁静的世界

严格来说这不是一个餐厅，针对这个区域的特别之处，设计了柔和的光源，简单的空间虽然狭小，但是充满了温馨的时尚生活气息。

温馨惬意的就餐环境

由于空间的狭长布局，设计师在餐桌一侧的墙面安装了一面的镜子，希望通过镜像效果拓展空间的视觉尺寸，使就餐区变得更加灵动和跳跃，也为空间增添了不少时尚的艺术气息。在就餐区与会客区分界处，天花板被处理成几块矩形的吊顶，照明灯具隐藏在吊顶上，光线从吊顶与顶面楼板之间的缝隙照射出来，营造出一个温馨随意的就餐环境。

45

现代餐厅的设计

与座椅同色系的亚光餐具焕发着如皮革一般的光泽，高贵而沉稳。大红色的沙发、亮色饰物活跃就餐环境，起到画龙点睛的作用。

46

晶莹剔透的用餐空间

在一个明朗现代、轻松凝练的装修风格背景下，看平凡的空间如何发生变化。居家设计关乎自己的感受，大可以自由一点，将积攒了很久的灵感在这一刻完全释放出来。当我们把细碎的心灵化零为整的时候才发现，家真的可以让我们如此释然地来享受舒适生活。

47

宁静优雅　完美空间

整体的颜色搭配暖暖的而又充满幸福气息。设计师将门框和墙体的边缘都做成了圆角，复古的家具、碎花的壁纸和暖暖的光线照射，完美空间呈现出宁静优雅的气息。

48

中性风格　另类之美

本案的设计适合于空间较大的家庭。单调的颜色搭配，仅仅是黑白两色，就将整个餐厅的装饰风格打造得另类且充满异国风情。

49

时尚空间　灰白装饰

楼梯的设计简洁明了，浅色系的基调使空间充满了时尚的味道。餐厅被设置在这个角落，从餐桌椅到餐具完全统一成白色，在周围灰色墙砖的映衬下，显得分外突出。

新田园意境

白色主导了绝大多数的墙面和家具，除了地板、楼梯和一些细节包含了原木颜色和淡淡的咖啡色，白色在房子中自由地展开，使得这个空间显得更具有田园意境。

50

51 利用灯具让气氛更加和谐

选择圆形的餐桌和吊灯，团聚一家人的心。柔和的黄光灯泡，能让菜肴显得更为美味，再加上美丽的花瓶装饰，用心经营的饮食空间，餐厅气氛就能很好。

用餐空间的打造

在餐厅与厨房间隔之处，将墙面打造成三个玻璃窗形式，增强了空间通透性。餐桌上秀色可餐的花卉，精致的餐具和茶具，让每天的用餐都充满了温馨的感觉。

52

圆润的空间造型

53

从这个角度向餐厅望去，餐厅的空间并不大，但是圆形的吊顶、复古的墙砖、古典的餐桌椅……这些相互搭配的效果使空间显得圆润，原本独立的餐厅又增添了几丝古典风韵。

54

简洁的空间设计

尽量保持原有的空间结构，不做无谓的资源浪费；根据生活经验及习惯，同时更是为了节约能源，尽量少用人造光源，尤其是顶光源；喜欢简洁、利落，以内敛、低调的方式成就舒适自在的生活场景。

55

经典餐厅的陈列

低调的后现代奢华气息是贯穿整个空间的主旨，是古典，亦是现代，是张扬，亦是内敛。暗色亮光略带银箔装饰的家具，配上级具亲和力的仿古砖，简洁的水晶灯，低调奢华的壁纸，一切在不经意间流露出主人对美的追求。

56

餐厅布置花卉的要点

顾虑到用餐会有视线交错的时候，为了避免产生交谈间的干扰，因此矮宽、扁圆的花瓶较适合在餐桌上使用，这么一来即使插入鲜花装饰，也不会过高影响视线。

让清透的空间显得浪漫

乳白色的家具强调自然与浪漫的情结，材料良好的的性能，突出的质感，自然而然的散发着一种古朴的诱惑。清透的空间充满了温馨的气息，就象爱尔兰咖啡一样让人回味。

58_

复古实用主义

整个厨房宽敞明亮，兼具中西风格。密闭式中式厨房和开放式西式厨房，迎合不同的饮食烹饪方式。独有的厨柜、吧台连体设计，既富有实用性又兼具时尚感。

59 典雅的餐厅布置

餐桌本身的形状已经限定了可使用的人数，因此需依照用餐者人数来布置，圆桌与方桌的布置比较接近，气氛装饰物主要集中在中央范围，而长桌则可以左右延伸布置物排列的长度，不管哪种桌型，能够让每位用餐者都欣赏到布置主题，进而感到心情愉悦，就是最基本的原则。

60_

尊重自然为原则的装饰

一切以尊重自然的方式为原则，不张扬、不矫饰，自然、清新，但又不失以现代化的审美和制造方式呈现。是典雅化、整洁化的乡村风格。色彩上风清云淡的暖色调，加上温馨的碎花布艺和壁纸，都能在生活居住的空间储存阳光、水和空气。

61_

风格混搭展演生活情趣

现代感极强的吊灯对应着餐厅的中式家具，诠释一股绝妙的混搭映像。美酒藏匿于樱桃木格子中，并与低柜一体，呈现完整利落且饶有趣味的效果。

62

闲情逸致 美妙空间

——古典造型的灯具悬挂在餐桌的中央，藤质的餐椅坐落在木质餐桌的两旁，闲情逸致，缕缕茶香飘荡在其中，让主人沉浸在温馨的场景当中。

63

浅色系营造明亮餐厅

清浅的色调都有干净的特质，如米色系、黄色系等，不仅明亮大方，在色彩搭配上也很和谐，且散发着温暖的特性，透过视觉促进食欲，让餐厅成为家人团聚的愉快空间。

64

让餐桌另有情趣

餐桌布置不仅使用花，还可以利用当季的水果作为布置的主题，有时候食材的鲜艳也能跟花媲美。色彩图案多变的桌帘充满浪漫情调，令餐桌更加别有情趣。

65

返朴归真的田园气息

餐厅面积并不大，将一面墙全部贴了镜子，在镜子的反射中，情景被完全拷贝，让人产生一种错觉；藤制的餐桌椅，视觉感自然明快，风格返朴归真，具有田园气息。

66

古典壁纸的魅力

墙面的蓝色系古典壁纸让整个空间充满了欧式居家氛围，搭配实木的家具和造型优美的吊灯，餐厅被打扮得生动而富有张力。

67 质感空间的快意

空间明亮清透，窗帘和壁纸的色调以及图案整体统一；布置温馨素雅，实木的餐桌餐椅和脚线完整地搭配在一起；质感和设计并重，地砖的铺设完全适应餐厅的布局。

68

金碧辉煌的空间

在金色水晶灯的照耀下，金色的餐椅更显其高贵与雍容，墙壁与窗帘图案的相互配合绝美与典雅。整个房间充满了与众不同的气息。

69

独特灯饰装点空间

红色灯具蕴藏在中间，与之相互辉映的是红色的桌帘，精致典雅。配以简洁舒适的餐椅，尽显低调奢华。

古典与奢华的完美结合

虽然餐厅和餐桌所占空间在整个居室中并不是很大，但房主追求精致的生活，也正是因为它的精巧，圆形餐桌的色泽和造型都遵循着古典风格的大气和沉稳，与之交相辉映的水晶灯将浪漫的奢华得以演绎。

71

浅色系营造宫廷风格

奢华、典雅、高贵、矜持，用这些词汇来形容餐厅的风情毫不夸张。整个餐厅选择的主色调为浅色，米色手绘壁纸铺设的墙、西班牙米黄石材地面、白色门窗，配上棕色欧式餐桌，灰绿色的椅面，高挑的烛台摇曳着华贵的上流社会的晚宴时分，让人不由得联想起中世纪欧洲奢华的宫廷之夜。

_72

中式风格的运用

以中式手绘壁纸为主要墙面，使餐厅大放异彩。整个餐厅的装饰风格满是现代气息，干净略带些许成功后的稳定，咏唱着主人的生活际遇和内心向往。

73_

精致奢华的宫廷风格

透明水晶灯，红色靠背的银色餐椅，金色相框的古典画框，尽显古典宫廷的风格。

74_

古典风格盛行

红木的餐桌，配以金色的底边图案，高贵、典雅。铁质楼梯扶手，彰显了古典风格。

_75

餐厅绿意盎然

桌上还是最适合以自然花草来装饰，但要选择不易掉落花粉的鲜花种类，避免弄脏桌布且难以清洗。

76

规划吊灯与餐桌距离

吊灯高低决定于灯光源投射的范围，依照个人喜好控制光源投射在餐桌中央的面积，跟餐桌的大小也有关系。多盏小吊灯较不容易造成压迫感，所以采用有高有低的垂降长度，让餐桌上方区域更有变化性。

77 在优雅中享受美味晚餐

晶莹剔透的玻璃杯、光亮可鉴的餐具，细节之处最能表达主人的生活。餐厅和整体风格协调一致，沉稳而有份量。摆设十分简单，只有必备的家具和饰品，依旧延续客厅古典之美的风格，家具的色彩和款式与客厅也达成和谐统一。

78

仿古典的餐厅

本案的装饰风格，采取仿古典与现代相结合的方式，古典式的家居，仿古代图案的屏风立在墙边，等待主人的到来。

79_

餐厅中的花卉

桌面上的鲜花娇艳欲滴，与墙上花卉图案争奇斗艳，桌上的烛台增加了晚餐的氛围，桌后的酒柜体现了主人的品味。

80 亮银质感

本案的设计以舒适当先，古典与现代并存，线条简化的家具，少了雕花或者镶嵌等华丽的风情，却多了几分典雅迷人，颜色更偏向暖色系，注重温馨舒适，更注重生活的高品质和主人的精神追求。

81 与起居室相呼应的餐厅

碎花壁纸、顶部的木梁、餐桌上的野菊花、古黄色系列的餐桌和椅子，每一件家具和饰品都那么恰倒好处。餐厅的设计同时也与起居室相呼应，在日常生活中也方便了两处停留时间较长的空间格局。

82_

餐厅空间的展示

高贵的石膏花纹吊顶结合暗花墙体，设计师通过透光玻璃，以及背景的浅暖色调。大大提高了空间的光控度，维持了大厅的明亮，也让原本窄小的空间变得列舒适。整齐的黑白装饰，加上港味茶餐厅最常见的绵软沙发座，人情味十足。

83 戏剧人生

餐厅部分使用了与客厅水族箱同样晶莹剔透的水晶珠帘作为隔断，那是种暧昧的空间感觉……餐厅质朴的墙面材质与水晶吊灯艳丽华贵形成鲜明的对比，戏剧人生，时尚无限。

84

逍遥生活

餐区独立，其中陈设装饰具有东方文化底蕴的床榻，供业主午饭后小憩，养精蓄锐。芭蕉叶凉扇吊灯和鲜绿色餐具，让人联想起木瓜与青芒飘香的越南风情；而中式雕花罗汉床榻又将时光机向后倒带，午饭后在古色古香的氛围中伴君入梦小憩一下，这种“神仙的生活”羡煞了每一位亲朋好友。

餐厅中的一点红色

餐厅中特意设置了一个带镜面的红色餐边柜，诠释了装饰艺术中的金属感和时尚气息。

86

温婉清雅　欧式风范

欧式风格向来被很多人喜爱，显得富丽堂皇贵气十足，难道大house才能做出那样的效果？当然不是了，看看下面这款欧式风情的小家，户型不算大，但是各处设计别具匠心，看起来华丽温馨，相当不错！

87

乡村风格的餐厅

整体色调既保持乡村风格粗旷的厚重感，又不失细腻清爽。既体现一种文化的沉淀，又不显得张扬。

现代装饰里的中式元素

现代的装饰偏爱中式的古典，现代的生活却偏怀旧远古的情怀，家是心灵的寄所，家是休憩的港湾，因为偏爱书法，所以偏爱古典文化家居，运用现代装修手法表现中式风格，是业主与设计师的共识。

89

细腻的乡村风格

来到餐厅，呼吸到的是浓浓的非洲味道，看似粗犷，细节之处却充满着设计的餐厅，餐桌椅为源自异域的原创作品。细腻的乡村风格就此上演。

90

田园式餐厅

整体色调既保持乡村风格粗旷的厚重感，又不失细腻清爽。既体现一种文化的沉淀，又不显得张扬。餐桌的布置闪烁着灵性，以蓝色为主基调的桌布、餐具映衬在银色的烛台下，高雅出众，简约的轮廓中透露出厚重、坚韧，显示出主人的性格。

91

增添餐厅视觉感

餐厅的顶部采用了镜面不锈钢板，这样既可以折射顶灯的光线，又能产生通顶的视觉效果，与休闲区的双层高连为一体，为整体空间平添了几分宽阔。

92

拥抱大自然

走进餐厅，一阵乡土气息扑面而来，鲜花、青草、格子桌布，田园风格的设计方式，使主人在用餐时就能体验到乡土的气息，享受大自然的拥抱。

93 推拉门变换空间功能

推拉门是区隔与变换空间功能的理想对象，可让空间得以视情况变更为开放或私密的活动区域。

94 英伦的田园风格

纹案典雅的骨瓷盘子充满了田园气息，碗架采用简洁、流畅的雕刻手法，细腻又不繁复，是田园风格的经典样式。

95

理想格局配置

空间格局配置不仅关系着行进路线及活动方便度，也影响到所有空间的使用效率，不同类型的房屋所产生的问题，解决方式也大不相同。

96

传统风餐厅

镂空的雕花屏风，原木的电视机柜，伴随着岁月流逝而增添的古朴韵味，无不显示着主人对东方文化的信仰。

田园气息　休闲风格

餐厅造型简单，色调轻松明快，十分符合主人对休闲、随意就餐环境的需求。古典的家具，精致的餐具，粗犷的壁炉以及纹理清晰的地板，都统一在和谐的褐色调里，田园生活浓郁的气息和清新的大自然味道充满着整个屋子。

97

98

享受午后的淡泊

停留在深邃、沉静的空间，陷入了一种迷离恍惚的思绪之中，空气中漂浮隐隐的檀香，仿佛在椅子间轻轻滑过，午后的闲情缓缓舒张起来。

99

自然风格的阳台用餐空间

蓝白相间的马赛克拼贴在墙上，给人以纯净的感觉，休憩在一隅的座椅静静的等待在那里，绿色植物与鲜花也来参与这聚会，使空间不再寂寞。

100 中式家具的时尚运用

中式家具的使用，使空间具有时代的气息，禅意十足，生活的气息扑面而来。

_101

木质家具的搭配

木制8人西餐桌，柔和且泛着温馨的橘光，用心感受美食、艺术……

102_

餐厅的时尚设计元素

餐厅区域光滑干净的材质亦如明镜，烤漆艺术玻璃加上水晶灯具的天然搭配让空间顺滑整洁。一朵盛放的玫瑰，一席丝绒的餐椅，空间的生动可人在生命和温暖的绒丝中蔓延。

103_

让餐厅更加贴近自然

一般来说，田园风格的餐厅地面不推荐使用木地板和大理石等现代感较强的材质，粗陶的方砖，有些粗糙的黏贴、拼接，让餐厅更加贴近自然。

104

灯具的合理选择

在家具的选择上，实木家具是田园风格餐厅的首选，而选购设计精巧又不失淳朴的灯饰，也是打造田园风格的一个重要表现手段。

105

极品用餐空间

从图案设计、颜色搭配、器形的品种都是餐具精品，简洁、浪漫、热情，极品餐厅的装饰尽收眼底。

106

新中式风格餐厅

受近代设计影响，新中式风格餐厅设计，将原本属于内堂的餐厅或与客厅相连接，或注重用餐情调，在设计上也更加得到重视。设计师在设计过程中不但要精致实用兼具，更希望通过对餐厅整体布局的把握，传达出对生活的重视和对怀旧的留念。

107

新古典的餐厅色彩

餐厅的生活气息更为浓重，但也不乏新古典色彩。与客厅家具同一色系新古典风格的组合餐桌与酒柜相映成趣，展示了业主的生活情趣。

108

藤制家具的合理运用

藤制家具的合理运用，回归自然，低碳生活，同时在色调、质感以及造型上更具现代时尚感。

简洁的餐厅布置

餐厅的设计十分简洁、流畅，餐椅和射灯形成的三条直线，为空间带来更多的爽洁，没有过多的修饰，淳朴和自然中依然感受到简约的力量，几盏通透材质的射灯更为空间增加了不小的透明度和亮点。

110

餐厅经典搭配

餐椅给人一种优雅的感觉，加之明亮的水晶吊灯，更加增添了一份低调奢华感。与白色直线条的餐桌相搭配，显得简约而干练。

111

对比的运用

透明的塑料餐椅，黑色的木质餐椅，从材质、颜色以及质感方面形成了强烈的对比。

112

现代简约风

餐厅设计悄然吹起现代简约风，明朗的色彩、简洁的线条，摒弃了繁复、让人眼花缭乱的设计，让餐厅多了几分写意、和谐。

113_

粉色系的餐厅

淡粉色的水晶灯，淡粉色的烛台，粉色的餐布，粉色的餐椅，配以白色餐台，干净、清透，无比的自然、美好。

114

开放式厨房

开放式餐厅是为满足主人开PARTY的需要而特意设计的，旁边的小房间是这个家的中厨。走进餐厅，是设计师为主人的要求量身改造出来的宽敞明亮的空间。开放式的厨房诉说的是空间的自由，纯白的餐桌、木色的厨柜、造型流畅的铁艺吊灯，简单的几笔便勾勒出主客欢乐的PARTY时光。西厨的厨柜贴墙设置，充分利用了墙面的空间。

115

简约餐厅设计

餐厅从吊灯、餐桌椅到挂画全部采用了直线条的设计元素，显得简约而大气。木质感餐桌椅的加入，强化了大气和低调奢华的特点。